Fun with the TRAIN

An imprint of Om Books International

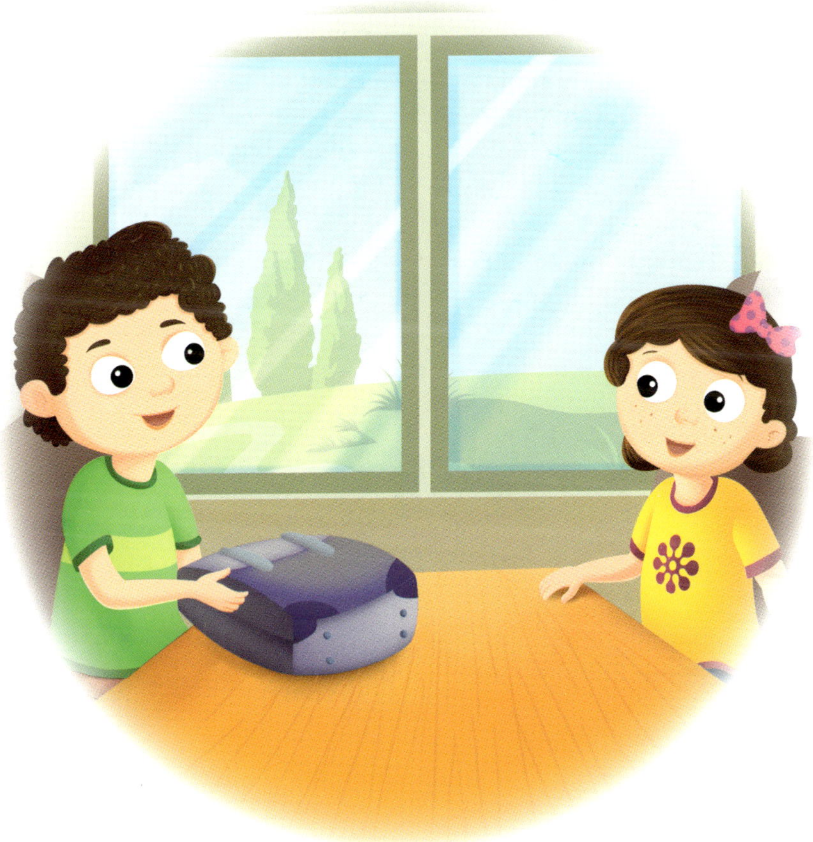

Published in 2017 by

An imprint of Om Books International

Corporate & Editorial Office
A 12, Sector 64, Noida 201 301
Uttar Pradesh, India
Phone: +91 120 477 4100
Email: editorial@ombooks.com
Website: www.ombooksinternational.com

Sales Office
107, Ansari Road, Darya Ganj, New Delhi 110 002, India
Phone: +91 11 4000 9000, 2326 3363, 2326 5303
Fax: +91 11 2327 8291
Email: sales@ombooks.com
Website: www.ombooks.com

© Om Books International 2017

ALL RIGHTS RESERVED. No part of this book may be reproduced or transmitted in any form by any means, electronic or mechanical, including photocopying and recording, or by any information storage and retrieval system, except as may be expressly permitted in writing by the publisher.

ISBN: 978-93-86108-39-5

Printed in India

10 9 8 7 6 5 4 3 2 1

Fun on the TRAIN

I'm all set to read

Paste your photograph here

My name is

_____

It **was** a lovely **day. Jim and Ivy** were **off** to visit Grandpa **Joe**. He lived **far** away in **the** country. **The** conductor **was** going to keep an **eye** on them.

Jim and Ivy packed a small **bag**. They were only going **for** a **day**. They took a **bus** to **the** railway station. "I can't wait to **see** Grandpa **Joe**!" said **Ivy**.

Jim and Ivy reached **the** station. They bought **two** tickets **and** went to **the** train. They found seats by **the** window **and sat** there.

The conductor made sure **the** children were in their seats.

"**But** I don't like tunnels," said **Ivy**. "They **are** dark **and** scary."

"Don't worry, **Ivy**," said **Jim**. "We have a **lot** of light inside **the** train." He pointed to **the** lights on **top**.

After some time, **the** children felt hungry. **Mom had** packed **jam** sandwiches **for** them. They pulled **out the box** of sandwiches **and ate** them **all** up.

Then came **the** tunnel. **Ivy** looked **out** of **the** window. **But she** could **not see** a thing. It **was all** so dark!

"I have a **bad** feeling about this," **she** said.

The train moved through **the** dark tunnel. Suddenly, **the** lights went **out**. It **was** very dark.

Ivy felt scared. **She** began to **cry**.

Jim reached **out and** held **her** hand. "Don't worry, **Ivy**. I'm right here," he told **her**. He hoped that **the** lights would return soon.

Just then, they heard **the** sound of footsteps. "**Who is it?**" **Ivy** called **out**. She **was** scared. What if it **was** a **big**, scary monster?

But it wasn't a monster. It **was** an **old man**. He **had** brought a torch with **him**. **The** torch **lit** up **the** train **car**. Ivy **did not** feel scared anymore.

The old man sat there for the rest of the journey. He told them stories. He made them laugh. Jim and Ivy had a good time.

Soon, their journey came to an **end**. **Jim and Ivy** said **bye** to **the old man**. **Off** they went to Grandpa **Joe**'s!

Fill in the blanks to complete the words on the train.

Circle the bags with three-letter words.

Help Ivy find the torch by tracing a path through the maze.

Know your words

Sight Words

was	and	bad	bye
off	all	she	the
far	out	her	had
get	big	who	him
for	but	old	end
day	lot	did	
two	not		

Naming Words

Jim	bag	top	box
Ivy	bus	mom	man
Joe	map	jam	car

Doing Words

see	cry	ate	lit
sat			